SOUVENIRS

PATRIOTIQUES

OU

FRAGMENS D'ESSAIS ANALYTIQUES,

Sur la nature et le système du Monde ; les principes constitutifs des Sociétés civiles ; l'Histoire politique de l'Europe en général, de la France en particulier, et surtout de quelques-uns de ses départemens du Nord-est, etc.

Par L.-F. D******, député, en l'an 6, par le département de L'****** , au ci-devant corps législatif.

Forsan et hæc olim . . . .

PREMIER CAHIER.

A PARIS,

A N I X. (1800).

PRÉFACE.

Pauci loqua veritas.

En m'occupant autrefois à rechercher quels seraient les moyens de répandre par-tout, avec célérité, les vérités les plus importantes aux hommes, et de les graver profondément dans les esprits, sans avoir à craindre ni les *éteignoirs*, ni les *bâillons* des tyrans conjurés contre *les lumières*; je m'étais souvent demandé s'il était donc si difficile de réunir dans le cadre étroit d'un très-petit volume (1),

---

(1) Le livre le plus précieux, sans contredit, serait celui qui, en moins de pages, contiendrait le plus de choses utiles, et serait en même-temps le mieux compris et le plus répandu, etc. C'est ainsi qu'un chétif almanach, celui *de Liége*, par exemple, l'oracle du vulgaire des villes et des campagnes, s'il était corrigé de manière à ne réunir que des vérités les plus simples et les plus intéressantes, pourrait avancer l'instruction publique en

A 2

les vrais principes fondamentaux des connoissances humaines, ces observations transcendantes, ces *vérités-mères*, qu'il suffit d'indiquer à l'homme déjà instruit, qui n'a besoin que de réfléchir, et à l'homme de bons sens qui cherche à s'éclairer, pour qu'au seul aspect de leur brillante clarté, l'un se rappelle aisément la masse des vérités accessoires et les conséquences fertiles qui en découlent, et que l'autre ose entreprendre de se diriger lui-même dans la carrière de l'instruction, sans risquer de s'égarer.

Et il me semblait que de toutes les méthodes, celle-ci serait la plus propre à faire atteindre le grand but désiré (1):

---

quelques années, plus que ne l'ont fait, pendant des siècles, cette masse d'in-folios sous lesquels on s'était follement avisé de cacher, sinon d'étouffer la raison : aussi des hommes, justement célèbres, ne dédaignent-ils plus de donner et leurs soins et leur nom à ces sortes d'ouvrages périodiques, le plus à la portée de la multitude. (*Voyez* l'Almanach des Météores, par *Lamark* ; celui des Physiciens, par *Lalande*, etc. etc.)

(1) Il est pourtant un autre moyen, qui, accompagné

Ce *Bréviaire de la raison*, ne tarderait pas, me disais-je, à devenir *l'Évangile de la multitude* (1) ; et ne fût-il ébauché d'abord que par une main grossière, retouché, perfectionné, tôt ou tard, par des plus habiles, pourrait-il manquer d'être un jour éminemment utile au progrès des sciences et des arts (2), et favo-

---

surtout de cette méthode, ne manquerait pas de produire aussitôt des effets les plus merveilleux. C'est la franc-m... réformée sur un plan vraiment philantropique, dont il sera traité dans l'un ou l'autre de ces fragmens.

(1) Une grande vérité en morale, comme en politique, c'est qu'on n'y fera jamais de révolution avec des in-folios. Ainsi, de quelle utilité ne serait pas, sous tous les rapports, *le Bréviaire de la raison* ? Sans compter, ce qui néanmoins doit être compté infiniment plus qu'on ne pense, lorsqu'il s'agit de la masse du peuple, la grande économie de temps, de peines et d'argent que cela amènerait ; quelle facilité n'y aurait-il pas, à l'aide de l'imprimerie, des traductions en langues étrangères, et des postes, de faire colporter dans tous les pays, et de mettre, pour ainsi dire, dans les mains de tout le monde, ce précieux sommaire des connaissances humaines ; et d'en multiplier ou cacher, au besoin, les exemplaires, de manière à le mettre pour toujours à l'abri du vandalisme inquisiteur et destructeur des farouches ennemis de la vérité et de la liberté.

(2) Je suis bien loin, certes, de m'être mis en tête

rable surtout au triomphe de la liberté, qui ne peut guère s'établir, ni se consolider dans aucun état politique, sans être appuyée sur l'instruction du peuple, en qui doit résider *la majesté et la puissance souveraine.*

C'est d'après ces idées, qui m'avaient vivement frappé, que, pendant *mes derniers momens de loisir*, je me suis amusé quelquefois à esquisser des espèces de tables analytiques sur diffé-

---

qu'un tel sommaire, fût-il rédigé par les plus grands maîtres, puisse jamais tenir lieu de tout autre ouvrage scientifique; mais ne servît-il qu'à éveiller le goût et faire ressortir les dispositions naturelles de l'homme de génie, trop souvent condamné faute de moyens de s'instruire, et de se faire connaître, à végéter dans l'obscurité; ne servît-il qu'à détruire tant d'erreurs funestes, à donner des idées justes sur la nature des choses, et surtout à faire beaucoup penser; ne serait-ce pas déjà un immense service rendu à l'humanité? Pour achever, au surplus, de rendre cet ouvrage complétement utile, il conviendrait d'y joindre une courte notice des meilleurs traités connus, tant élémentaires qu'*ex professo*, sur chaque branche de sciences, auxquels seraient renvoyés les hommes studieux qui désireraient y puiser des connaissances plus étendues.

rentes parties de sciences auxquelles je m'étais ci-devant appliqué, tant par goût que par devoir : et je me hasarde aujourd'hui d'en donner quelques fragmens au public (1).

Puissent seulement ces faibles essais, dont le titre annonce assez les lacunes et les défauts, engager quelques philantropes plus savans et plus habiles, à adopter une méthode qui présente tant d'avantage, et à la porter au degré de perfection, dont elle paraît susceptible (2).

Puissent aussi les bons citoyens, dont

---

(1) Je me propose de les publier successivement par cahiers, qui paraîtront selon que mes loisirs et les circonstances le permettront.

(2) Malgré que l'ouvrage in-4°. imprimé à Paris, chez Baudouin, an 8, sous le titre de *Tableaux raisonnés de la Physique*, etc. ne soit pas dans les mêmes vues, ni sur le même plan que celui que j'ai projeté, je n'hésite pourtant point d'assurer que si on publiait pour toutes les sciences, des tableaux aussi courts et aussi fidelles, ce serait là un des plus grands pas qu'on eût encore fait dans le chemin scabreux du perfectionnement de l'esprit humain.

A 4

je m'honore d'avoir été le mandataire, rester bien convaincus que si je suis loin d'avoir pu toujours servir la patrie suivant nos communs souhaits, je n'ai du moins jamais perdu de vue ses plus chers intérêts.

Paris, vendémiaire, an 9.

Det****.

PREMIER FRAGMENT.

SUR LA NATURE.

PRÉLIMINAIRES.

Que sais-je ?
MONTAGNE.

Savoir douter, commencement de la sagesse. — Nécessité pour éviter l'erreur, de ne donner et de ne recevoir jamais rien ; *le certain*, *le probable*, *l'incertain*, que pour ce qu'il est. — Observations et analogie, bases de toute connaissance réelle. — Certitude du présent, probabilité progressivement diminuant de ce qui s'en éloigne jusqu'à l'incertain et à l'inconnu. — Faible coin du voile immense qui couvre l'état des choses, levé à nos yeux. — Nature, ame de l'univers, principe, milieu et fin de tout ce qui est. — Sa marche tantôt stationnaire en apparence, et tantôt par bonds et par sauts. — Tout paraît changer, mais rien n'est créé et ne périt dans le monde. — Utilité, nécessité même

des classifications , des méthodes et des systèmes , pour notre intelligence bornée. — Leur
plus ou moins de justesse , selon qu'ils se rap-
prochent plus ou moins de l'état réel des
choses. . . . .
. . . .

IIe. et IIIe. Fragmens. (*Voyez* la 2e. Notice.)

IVᵉ. FRAGMENT.

ÉPOQUES DE LA NATURE

O U

HISTOIRE CHRONOLOGIQUE DU MONDE.

« O ma chère patrie! ô champs délicieux!
Où les fastes du temps, frappent par-tout les yeux :
. . . .
Dans ces fonds qu'a creusés la longue main des âges,
En voyant du passé ces sublimes images,
. . . .
Vers l'antique chaos notre ame est repoussée,
Et des âges sans fin, pèsent sur la pensée ».

DELILLE.

NÉCESSITÉ ici, plus que nulle part, de ne marcher qu'à tâtons, aidé du fil régulateur de l'observation et de l'analogie, de ne passer que du présent au passé, du connu à l'inconnu, et surtout de se dépouiller de tout préjugé scolastique et religieux. — Dangers de commencer par bâtir des systèmes.

et de rechercher ensuite des faits et des observations qui puissent, tant bien que mal, s'y
adapter. — Crainte qu'on ne vienne à s'égarer
ainsi dans la vaste région des chimères.
— Erreurs graves et contagieuses que cette
fausse méthode a fait commettre aux plus
grands naturalistes.

Principales époques des changemens arrivés
dans le monde connu et particulièrement sur
la terre, en commençant par l'état présent
des choses, et remontant successivement des
derniers événemens les plus marquans jusqu'aux plus éloignés. — Preuves irréfragables
de ces changemens, tirées des anciens monumens existans sur ce globe, et d'une foule
de médailles gravées par la main du temps.

1°. *ETAT actuel du monde connu et notamment du globe terrestre.* (Voyez les *Fragmens*
2 et 3.)

2°. *Dernière période jusqu'aux temps les plus
reculés de l'histoire civile.*

Marche lente, et en apparence stationnaire de la nature pendant cette période.

— Faiblesse des changemens opérés tant par
l'art que par la nature sur le globe terrestre,
comparés aux grandes catastrophes qui ont
dû précéder les temps les plus reculés de
l'histoire civile. — Traditions vagues chez
presque tous les peuples, de ces anciennes
catastrophes, arrivées sur ce globe, tant par
l'eau que par le feu. — Peut-on faire dériver
ces traditions de la mémoire qui s'en serait
perpétuée à l'aide des signes parlés ou écrits;
ou ne doit-on pas les attribuer plutôt aux
antiques monumens répandus par toute la
terre, et dont le simple aspect annonce clai-
rement ces terribles bouleversemens ? — Pro-
blême encore à résoudre sur la question souvent agitée de la diminution ou de l'augmen-
tation graduelle de la chaleur de la terre,
et des eaux de la mer, etc. pendant cette
dernière période.

3°. *Avant-dernière période , remontant jusqu'à l'époque où la mer couvrait encore le globe terrestre* (1).

Marche brusque , et pour ainsi dire révolutionnaire , de la nature pendant la pénultième période , divisible en plusieurs époques. — Facilité de distinguer ces grands bouleversemens de ceux qui ne sont survenus que depuis cette période. — Restes de volcans éteints , multipliés dans l'intérieur des temps , et plus ou moins reconnaissables ou dégradés suivant leur ancienneté. — Leur massif sillonné par les vallées qui se trouvent creusées dans

---

(1) Je me fais un devoir de rappeler ici la mémoire de mon ancien ami *Robert-Limbourg* , docteur en médecine de l'université de Montpellier , etc. ; c'est à lui que sont dues plusieurs de ces vues sur la formation du globe terrestre , etc. — La mort subite qui enleva ce savant patriote , en 1792 , nous a privés des idées neuves et vraiment lumineuses qu'il avait conçues sur le système général du monde , et qu'il se proposait , depuis longtemps , de publier à la suite de quelques écrits préliminaires , qu'il avait déjà fait insérer dans les premiers volumes du recueil de la ci-devant académie de Bruxelles , dont il était membre.

la superficie de la terre ferme, et sont d'autant plus profondes que cette superficie est
plus relevée en bosse, et offre conséquemment une pente plus forte et plus rapide, etc.
— Vastes *pays bas* qui sont ordinairement aux
pieds de ces vallées. — Ressemblance assez frappante des sinuosités des vallées aux creux rami-
fiés qu'auraient imprimé sur un globe terraqué,
encore mou, des arbres applatis, des lières, par
exemple, d'une grandeur proportionnée, dont
l'extrémité du tronc serait plongée dans la
mer, tandis que l'autre partie, avec ses bran-
ches et leurs ramifications auraient été étendue
et appliquée sur la partie de ce globe, élevée
hors des eaux de la mer, etc. — Ressemblance
plus exacte encore de la forme des vallées,
toute proportion gardée, à celle des petites
ravines qui se forment, après des orages, sur
le penchant des montagnes, et se réunissent
plus bas en versant leurs eaux dans un ruis-
seau le plus voisin, etc. — Ressemblance non
moins frappante des vastes pays bas de ces
vallées, aux petits attérissemens qui se forment
aux pieds et à l'embouchure de ces ravines.
— Point d'effet sans cause proportionnée ;
conséquemment impossibilité que les vallées

de la terre sèche aient été creusées par les rivières qui coulent actuellement dans leurs sinuosités, et beaucoup moins encore par de prétendus courans sous-marins. — Nécessité qu'elles l'aient été par la chûte de masses d'eaux proportionnées à la longueur et à la profondeur de leurs sillons, et toujours dirigées dans un même sens de la partie la plus élevée vers la plus basse de la surface de la terre. — Nécessité que cela se soit fait successivement après de très-longs intervalles ; mais chaque fois d'une manière brusque et rapide, par les eaux de la mer descendues graduellement dans son bassin actuel, etc. etc. — Preuves manifestes dans la forme des vallées et des pays bas ou montueux qui les environnent, etc. ; dans celle des lits d'anciens courans supérieurs l'un à l'autre, et encore très-apparens, etc. ; dans les pierres arrondies par les eaux, dont ils sont parsemés ; dans la grande quantité et la qualité de ces caillous, qui ne peuvent évidemment y avoir été transportés, qu'autant que les vallées plus profondes, qui entourent aujourd'hui ces lits supérieurs, n'étaient pas encore creusées ; dans les différens étages d'anciennes dunes que l'on croit encore au milieu des terres

terres , ressembler exactement à celles qui se
trouvent sur les bords actuels de la mer ; dans
les anciens volcans éteints , qui ont cessé de
brûler depuis que les eaux se sont retirées ;
enfin , dans la qualité et la quantité des
atterrissemens dont sont formés les vastes pays
bas (1).

---

(1) Pour ceux à qui il ne suffirait pas de leurs propres
observations , personne , que je sache , n'a aussi claire-
ment , ni aussi complétement démontré cette importante
vérité , que P. Bertrand , inspecteur général des ponts
et chaussées , tant dans sa *Théorie de la terre* , opposée
à celle de Buffon , que dans ses *Nouveaux principes de
Géologie* , opposés à ceux de *la Métherie* (Paris, an 7) ;
avant lui , *Giraud-Soulavie* , dans sa *Chronologie des
volcans éteints du midi de la France* , et *Robert-Limbourg*
avaient commencé à mettre au grand jour les erreurs graves
dans lesquelles les plus grands naturalistes , tels que Buffon
et autres , étaient tombés à cet égard.—Robert-Limbourg
avait de plus imaginé et fait construire un plan en relief des
environs de *Spa* et de *Liège* , (département de l'Ourthe)
qui mettait en évidence non seulement la structure de la
superficie , et la vraie forme ramifiée des vallées de cette
contrée , l'une des plus élevées de la ci-devant Belgique ;
mais encore la composition intérieure de ses masses de
rochers ; la position de leurs bancs , verticale ou inclinée
ordinairement au midi , et leur direction assez constante
de *l'est-nord-est à l'ouest-sud-ouest*. On peut voir une partie
de ce plan gravé , dans les mémoires ci-dessus cités ,
de l'académie de Bruxelles.

B

Conjectures diverses sur l'origine et la chute successive des masses d'eau , capables d'avoir produit d'aussi grands résultats. Est-ce l'effet d'explosions souterraines , ou du choc et de l'approche de quelques comètes , et peut-être de ces deux causes à la fois ? Doit-il arriver encore de pareilles catastrophes , et sur - tout une nouvelle retraite de la mer ? Et à quelle époque ?

4°. *Troisième période plus reculée , pendant que la terre était sous les eaux de la mer.*

Vérité avouée de presque tous les naturalistes , que la mer, avant de s'être retirée dans son bassin actuel, a couvert et labouré, sinon la totalité , du moins la plus grande partie de la terre sèche, jusqu'au dessus des points de partage des eaux , qui dominent les vallées. — Nécessité même qu'elle l'ait couvert pendant long-temps. — Preuves dans la forme extérieure de la terre , assez généralement arrondie , avant d'avoir été sillonnée par les vallées , etc. — Dans les marais et les tourbières qui se trouvent encore aujourd'hui très-souvent sur des plaines très-élevées, qui servent aux eaux de points de partage. — Dans les vastes dépôts de craie, de marne, de charbons de terre et d'autres débris de plantes marines et de coquillages, qui se trouvent souvent jusques sur les plus hautes montagnes. — Dans la disposition horizontale des couches dont la superficie de la terre est composée. — Dans la superposition de ces couches, d'une manière souvent opposée à la pesanteur spécifique des matières qu'elles contiennent.

Grande difficulté qui se présente dans cette période, sur l'origine ou la conservation des plantes et des animaux terrestres qui ne peuvent vivre sous l'eau. — Si la mer a couvert toute la terre pendant long-temps, où ces êtres vivans ont-ils pu se conserver ? D'où sont-ils venus sur la terre ? Même difficulté, et plus grande encore, pour les autres êtres vivans, marins ou amphibies, dans le système de ceux qui supposent que la terre a été, pendant quelque temps, toute glacée, ou toute embrâsée, etc. — Ridicule de toutes les explications qu'on a voulu donner depuis Lucrèce jusqu'à nos jours, sur la possibilité de la création ou de la conservation des êtres

vivans organisés , pendant et après ces terribles convulsions de la terre, etc.

— Ignorance où le défaut absolu d'analogie
nous a laissés jusqu'ici à cet égard. — Nécessité de dire : *On n'en sait encore rien du
tout* ; mais peut-être un jour. . . . . !

5°. *Quatrième période jusqu'aux temps les
plus reculés du monde.*

Etonnement dont est frappé celui qui porte
la première fois ses regards sur la structure
intérieure de la terre. — Vastes débris qui se
trouvent sous la superficie horizontale , et qui
sont plus ou moins apparens selon la profondeur des vallées dont elle est sillonnée , ou
selon les espèces de crêtes plus ou moins
élevées que ces débris poussent hors de cette
croûte , et qui forment par leur continuité ,
les différentes chaînes de montagnes du globe.
— Cahos d'abord apparent de ces antiques
monumens du monde.

— Régularité dans la structure de ces fragmens , qui bientôt succède à ce cahos , aux
yeux de l'observateur attentif et sans préjugés. — *Plaques* ou *bancs* plus ou moins épais ,

parallèlement appliqués l'un à l'autre, comme des feuillets d'un livre, dont les masses de ces fragmens sont composées. — Enorme quantité de sel marin, de plantes aquatiques ou marines ; de coquillages, de poissons et d'animaux marins de toute espèce, et de débris de coquillages et de poissons, etc. dont beaucoup de ces plaques sont composées, ou dont beaucoup d'autres portent encore les empreintes très-bien conservées. — Anciens débris de rochers arrondis en cailloux incrustés dans quelques-unes de ces plaques, et qui contiennent eux-mêmes de ces empreintes de coquillages, ou de ces coquillages même, sans doute bien plus antiques encore. — Grand nombre d'espèces de ces plantes, coquillages et poissons inconnues de nos jours, ou étrangères à nos climats. — Peu ou point de débris de plantes, ni d'animaux terrestres remarqués dans ces plaques. — Manière régulière dont les plantes, coquillages et poissons y sont souvent couchés ou empreints parallèlement à leur plan. — Rapprochement des masses diverses de ces plaques, suivant l'espèce de matière dont elles sont composées.

—Masses calcaires, ordinairement voisines

B 3

des masses de *houille* ou charbon de pierre ; celles-ci des masses schisteuses , alumineuses , pyriteuses , etc. etc. et des anciens volcans éteints, etc. — Epaisseur considérable des plaques de quelques espèces de pierre , surtout des graniteuses, dont sont formées les plus hautes montagnes. — Difficulté de bien distinguer ces plaques ; source de l'erreur de la plupart des naturalistes qui ont cru que les granits n'étaient pas disposés en plaques ou bancs, etc. — Peu de débris d'animaux marins observés dans ce genre de pierres , excepté dans quelques plaques latérales plus dégradées, qu'on a trouvé être calcaires. — Conjectures que les granits pourraient avoir été formés sous les eaux par des éruptions volcaniques, etc. etc. comme les laves, les pierres ponces , les basates , etc. etc. — Preuves résultant de tous ces faits , que les matières dont ces plaques sont formées , ont été déposées horizontalement et couchées successivement l'une sur l'autre dans une vaste mer.

— Immensité et profondeur de cette mer ; abondance de ses productions végétales et animales , tant par rapport à la longueur souvent indéfinie, qu'à l'énorme épaisseur des masses de toutes ces plaques ou couches appliquées parallèlement l'une contre l'autre ; et à l'immense quantité de sel marin, de *houille* ou charbon de pierre, de marbres et autres pierres calcaires, qui tirent manifestement leur origine de la mer.

— Fentes de ces plaques ou couches, perpendiculaires à leur plan, opérées par le retrait de la matière, lorsqu'elle s'est durcie et cristallisée. — Cristaux réguliers et filons de mines qui remplissent ordinairement ces fentes. Preuve que ces fentes et leurs cristallisations sont postérieures à la formation des plaques. — Débris de coquillages qui autrefois ne formaient qu'un corps, mais qui se trouvent à présent séparés par ces fentes, et incrustés dans les deux parties correspondantes de la même plaque. — Changement de beaucoup de ces matières, originairement végétales ou animales, en matières incombustibles ou non calcaires. — Conjectures et probabilités sur la transmutation de la matière morte des animaux et des plantes, diversement combinées, à l'aide de l'eau, de l'air et du feu, dans toutes les espèces de minéraux qui se rencontrent. — Remarque surprenante pour la

plupart des naturalistes, et pourtant aujour-
d'hui généralement avouée par eux, de la
position verticale, ou au moins élevée de 45
degrés sur l'horison et plus, de toutes ces
grandes et anciennes *plaques* dans presque
toutes les parties de la terre connue. — Comparaison fort juste que les uns en font avec
des murs perpendiculaires collés l'un à l'autre;
d'autres avec les feuillets d'un livre, ou avec
des jeux de cartes dressés sur une table, etc.
— Leur embarras d'expliquer cette espèce de
phénomène, contrastant avec la position horizontale, dans laquelle ces plaques paraissent
avoir été originairement formées.

Autre remarque non moins importante,
mais faite en général avec moins d'exactitude,
de la direction plus ou moins constante du plan
de ces bancs ou plaques verticales et inclinées,
vers l'un ou l'autre point de l'horizon. — Né-
gligence ou défaut dans lequel sont restés les
naturalistes égarés par de faux systèmes, de
combiner ces deux remarques essentielles, et
surtout de bien préciser la vraie direction des
plaques verticales, etc. — Observations exactes
et multipliées faites à ce sujet, la boussole à
la main, sur la direction des plaques verticales
et inclinées des montagnes les plus élevées du

nord - est de la France, et notamment du département de l'Ourthe. — Leur direction reconnue être à peu-près de l'est à l'ouest ; mais plus précisément et presque généralement de l'est nord-est à l'ouest-sud-ouest , et leur inclinaison à peu-près au midi. — (1) Autres observations non moins exactes en apparence, et plus détaillées encore , faites au sud-ouest de la France dans les Pyrénées. — Direction des plaques dont sont aussi formées les masses de ces montagnes, trouvée être presque généralement de l'est-sud-est à l'ouest-nord-ouest : (2) conséquemment, différence dans la direction des plaques des montagnes, de 45 degrés

_____

(1) Ces observations, que j'ai moi-même très-souvent répétées , sont consignées en grand détail dans les mémoires ci-dessus du recueil de la ci-devant académie de Bruxelles.

(2) Je trouve ces faits non moins importans que les précédens , dans un mémoire très-étendu., sur la composition , la direction et la situation tant verticales qu'inclinées des bancs dont sont formées les Monts-Pyrénées , qui a paru en 1781 , à Paris, sous le titre d'Essai sur la minéralogie des Pyrénées , in-4°., avec des cartes et figures, où la forme des montagnes, la direction de de leurs bancs , leur situation verticale et inclinée , est rapportée avec une vérité et une exactitude peu commune.

environ , d'un bout de la France à l'autre.
— Conjectures à ce sujet. — Probabilité que
les plaques des autres montagnes ont une
direction analogue. — Facilité et très-grande
utilité de suivre et de bien préciser ces observations sur la direction des plaques ou bancs
des montagnes dans le reste de la France et
de l'Europe , et dans les autres parties du
globe , etc. ; moyen unique , mais simple et
bien facile , d'avoir enfin de bonnes cartes
physiques et minéralogiques , générales et
particulières. — Usage précieux dont elles
peuvent être pour suivre ou rechercher les
différens minéraux , et les découvrir souvent même à des distances très-éloignées.
— Grandes vues que ces observations , bien
combinées et généralisées , peuvent donner sur
la théorie de la terre , des planètes , etc. et
sur le vrai système du monde. — Comparaison
assez exacte , d'après toutes ces observations ,
de la structure intérieure du globe terrestre ,
à une masse de grands livres , acculés l'un
contre l'autre par les dos et les côtés , et dont
les feuillets , à peu-près perpendiculaires par
rapport au centre de la masse , mais pourris ,
vermoulus , recoquillés , pour la plupart , sur
la tranche et vers les bords , auraient rem-

pli les intervalles et les creux intérieurs de cette masse, et presque arrondi et recouvert la surface, par leurs fragmens et leurs débris, etc. — Conjectures sur la formation du globe, et sur la cause puissante qui a pu donner à des volumes si énormes originairement horizontaux, une situation verticale ou fortement inclinée dans telle et telle direction constante et régulière. — Serait-ce l'explosion d'un terrible volcan dans le sein de la terre ? ou le choc d'une comète contre une planète ? ou plutôt la terre ne serait-elle formée que d'une partie de fragmens d'un très-vaste et ancien globe disposé en grandes couches horizontales, sous une mer plus vaste encore ; et qui, en éclatant, soit par une explosion centrale, soit par un choc latéral, aurait produit les différens corps du système solaire ; c'est-à-dire, le soleil, et les planètes avec leurs satellites, d'après les diverses combinaisons des masses et des volumes de ses fragmens rapprochés ou éloignés, selon les lois de l'impulsion et de la gravitation. — Possibilité de remonter ainsi successivement des effets aux causes immédiates, et de celles-ci aux plus éloignées ; mais jamais d'atteindre le dernier anneau de la chaîne des êtres. — Folie

de ceux qui , sous le nom de *montagne pri-
mitives , de matière élémentaire* , etc. , semblent
avoir voulu prescrire à la nature les bornes de
leurs préjugés ou de leur faible imagination.
— Impossibilité de déterminer le *maximum*
de la durée totale des siècles , ni pour le passé
ni pour le futur. — Leur nombre aussi multi-
plié que celui des grains de sable de la mer , ne
serait encore , en comparaison de l'immensité
des temps , qu'un point , un instant.

Fin du premier cahier.

E R R A T A.

Page 16, *ligne* 27, que l'on croit encore au milieu;
lisez : que l'on voit encore au milieu.